U0066482

瑞蘭國際

瑞蘭國際

柬埔寨人天天說的高棉語

ពាក្យនិងការសន្ទនាប្រចាំថ្ងៃ

孫雅雯（គ្រឿន សុខុម）

作者序

在臺灣，隨著新南向政策跟108年課綱的改變，有越來越多人認識柬埔寨，也有越來越多商人前往柬埔寨投資。到了柬埔寨，在人來人往的城市裡，不管經商還是旅遊，語言都是必備的工具。

本書的出發點，無非是希望能幫助到有需要用到高棉語的大家，畢竟在臺灣，可以學習到這門語言的地方不多。回想當年我獨自一人遠從柬埔寨來到臺灣，在人生地不熟、語言又很陌生的城市裡，只靠著幾本完全看不懂的書開始學習華語，每天面對陌生的單字和句子，學習毫無頭緒。直到進入學校上課，一筆一畫開始練習寫字，才漸入佳境。這些非常辛苦的過程——「我懂的」，所以才有撰寫一本可以帶領初學者學好高棉語，而且不會感到學習壓力的書的動機。

柬埔寨文本身沒有羅馬拼音，因為柬埔寨的文字是用柬埔寨自己的子音跟母音所組成，其邏輯跟英文相似。面對字母繁多的柬埔寨文，也就是高棉語，對母語為華語的初學者來說，學習絕非易事。為了解決這個問題，本書柬埔寨文的每一字、每一句，均特別為大家標示相對的羅馬拼音。儘管拼出來羅馬拼音，無法和原來的高棉語發音百分之百相同，但至少能夠協助大家，除了運用聆聽QR Code音檔來學習之外，也能透過較熟悉的羅馬拼音輔助。

我對學習語言的要求是，說出口的話能夠讓對方聽得懂，而對方說的話自己也可以聽得懂，這樣就可以了，因為語言最重要的是能夠溝通！至於發音有沒有標準，那就有賴個人的努力了。在此前提下，我認為這一本書，不僅可以利用於旅遊或經商，更期盼能幫助到新住民的第二代，畢竟這些孩子在臺灣能學習到母國語言的機會少之又少。

緣此出版之際，我要感謝瑞蘭國際出版的社長、主編治婷、以及美編等工作團隊的照顧，讓我有機會出這本書，也讓讀者有機會學習到柬埔寨文，也就是高棉語。最後，衷心期盼大家在利用本書學習的同時，也願意更了解柬埔寨的生活和文化，有朝一日成為臺灣和柬埔寨之間的親善大使與文化橋梁。

孫雅雯

គុឿន សុខុម

2022.12.25

如何使用本書

到柬埔寨旅遊、探親、經商，沒學過柬埔寨文也想立即開口說嗎？沒問題，《柬埔寨人天天說的高棉語》知道你的需求。

本書針對讀者所需，整理出20類情境，情境中均有單字、句子及會話，並有羅馬拼音輔助發音，讓你一開口就是漂亮的高棉語。此外，每個情境均有文化介紹，讓你一窺這美麗的國度。

現在就一起來看看，這本讓你到柬埔寨事半功倍的語言工具書吧！

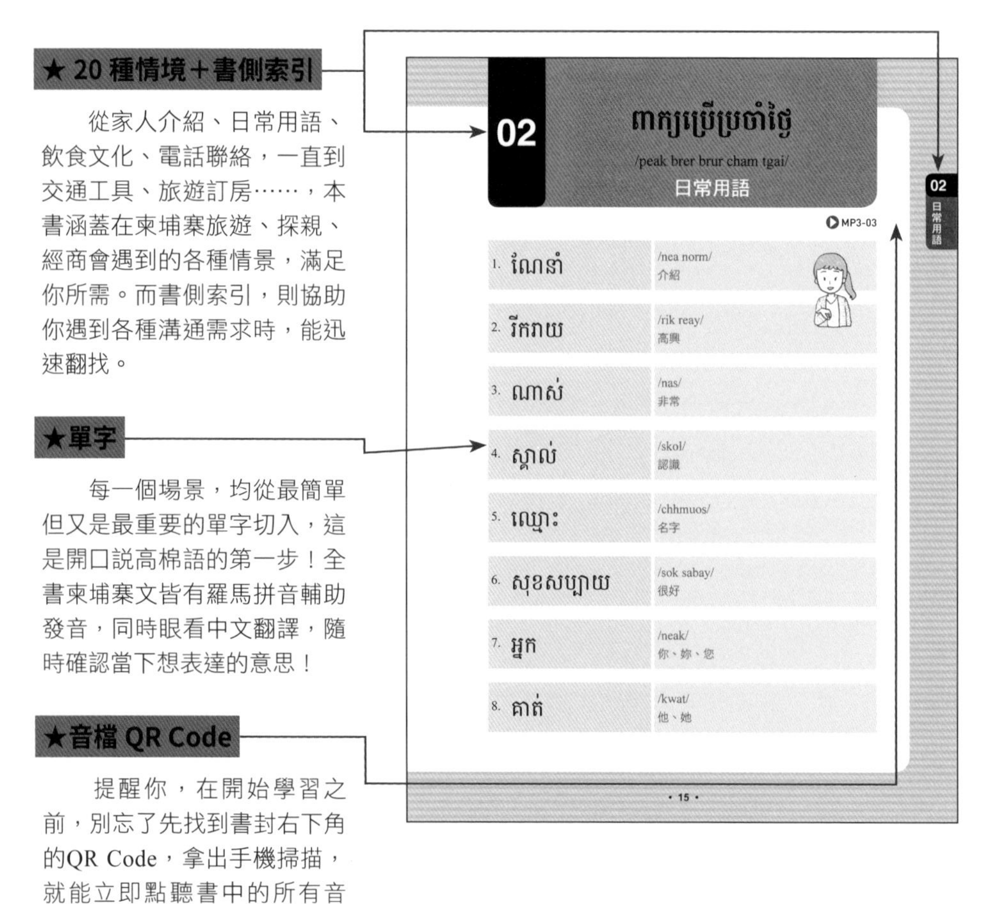

★ 20 種情境＋書側索引

從家人介紹、日常用語、飲食文化、電話聯絡，一直到交通工具、旅遊訂房……，本書涵蓋在柬埔寨旅遊、探親、經商會遇到的各種情景，滿足你所需。而書側索引，則協助你遇到各種溝通需求時，能迅速翻找。

★單字

每一個場景，均從最簡單但又是最重要的單字切入，這是開口說高棉語的第一步！全書柬埔寨文皆有羅馬拼音輔助發音，同時眼看中文翻譯，隨時確認當下想表達的意思！

★音檔 QR Code

提醒你，在開始學習之前，別忘了先找到書封右下角的QR Code，拿出手機掃描，就能立即點聽書中的所有音檔。

★文化介紹

接著導入文化介紹，內容包括柬埔寨的打招呼方式、用餐禮儀、用餐時間、貨幣、購物提醒、男女用語有別、駕車與交通、飲食、地理位置與氣候、緊急救助方式等等，帶你輕鬆地了解柬埔寨文化。

★造詞／造句／會話練習

最後運用前面出現的單字，延伸造詞、造句、或是對話，讓你説出完整的高棉語。甚至緊急説不出口時，只要找到所需的句子，手指柬埔寨文，就能讓當地人心領神會。

如何掃描 QR Code 下載音檔

1. 以手機內建的相機或是掃描 QR Code 的 App 掃描封面的 QR Code。
2. 點選「雲端硬碟」的連結之後，進入音檔清單畫面，接著點選畫面右上角的「三個點」。
3. 點選「新增至「已加星號」專區」一欄，星星即會變成黃色或黑色，代表加入成功。
4. 開啟電腦，打開您的「雲端硬碟」網頁，點選左側欄位的「已加星號」。
5. 選擇該音檔資料夾，點滑鼠右鍵，選擇「下載」，即可將音檔存入電腦。

目次

01 គ្រួសារខ្ញុំ

/kruosar knhom/

我的家人

MP3-01

1. គ្រួសារ	/kruosar/ 家庭
2. ប៉ា	/ba/ 爸爸
3. ម៉ាក់	/mak/ 媽媽
4. តា	/ta/ 爺爺
5. យាយ	/yeay/ 奶奶
6. ខ្ញុំ	/knhom/ 我
7. បងប្រុស	/bong bros/ 哥哥
8. បងស្រី	/bong srey/ 姊姊

9. ប្អូនប្រុស	/p'oun bros/ 弟弟
10. ប្អូនស្រី	/p'oun srey/ 妹妹
11. បង	/bong/ 年齡比自己大的男生和女生
12. ប្អូន	/p'oun/ 年齡比自己小的男生和女生
13. ប្រុស	/bros/ 男生
14. ស្រី	/srey/ 女生
15. ស្អាត	/sart/ 漂亮；帥
16. ប្រុសស្អាត	/bros sart/ 帥（稱讚男生）
17. ស្រីស្អាត	/srey sart/ 漂亮（稱讚女生）

18. ជំរាបសួរ	/chhum reab suor/ 您好（向長輩請安用語）
19. សួស្តី	/suor s’dey/ 你好（向平輩或晚輩打招呼用語）
20. បងប្អូន	/bong p’oun/ 兄弟姊妹、親戚

文化介紹 柬埔寨的打招呼與禮儀

在柬埔寨，對比自已年紀大的人、長輩，或是對有社會地位的人及客戶打招呼時，有許多打招呼的手勢必須注意。

首先，雙手要合十，且雙手會因為打招呼的對象有5種不同的擺放位置。

1. 當向陌生人打招呼時，雙手要合十並放在胸口，且頭要微微地低下說「**ជំរាបសួរ**」（您好）。
2. 當向老師或有社會地位的人打招呼時，雙手要合十並放在嘴前，且頭要低下60～90度說「**ជំរាបសួរ**」（您好）。
3. 當向長輩打招呼時，雙手要合十並放在鼻子上，且頭要低下90度說「**ជំរាបសួរ**」（您好）。
4. 當向和尚打招呼時，雙手要合十並放在眉間，然後對對方拜3下。
5. 當向國王打招呼時，雙手要合十並放在額頭上，然後對對方拜3下。

造詞練習

MP3-02

1. ជំរាបសួរតាយាយ! 爺爺奶奶您好！

/chhum reab suor ta yeay/

2. ជំរាបសួរប៉ាម៉ាក់! 爸媽您好！

/chhum reab suor ba mak/

3. គ្រួសារខ្ញុំ 我的家人

/kruosar knhom/

4. ប៉ាខ្ញុំ 我的爸爸

/ba knhom/

5. ម៉ាក់ខ្ញុំ 我的媽媽

/mak knhom/

6. លោកយាយខ្ញុំ 我的奶奶

/lork yeay knhom/

7. លោកតាខ្ញុំ 我的爺爺

/lork ta knhom/

8. បងប្រុសខ្ញុំ 我的哥哥

/bong bros knhom/

9. បងស្រីខ្ញុំ 我的姊姊

/bong srey knhom/

10. ប្អូនប្រុសខ្ញុំ 我的弟弟

/p'oun bros knhom/

11. ប្អូនស្រីខ្ញុំ 我的妹妹

/p'oun srey knhom/

12. បងប្អូនខ្ញុំ 我的兄弟姊妹/我的親戚

/bong p'oun knhom/

13. ខ្ញុំស្រលាញ់ប៉ាម៉ាក់។ 我愛我的爸爸媽媽。

/knhom srolanh ba mak/

14. ខ្ញុំស្រលាញ់យាយតា។ 我愛我的爺爺奶奶。

/knhom srolanh yeay ta/

15. ខ្ញុំស្រលាញ់គ្រួសារខ្ញុំ។ 我愛我的家人。

/knhom srolanh kruor sa knhom/

02 ពាក្យប្រើប្រចាំថ្ងៃ

/peak brer brur cham tgai/

日常用語

MP3-03

1. ណែនាំ	/nea norm/ 介紹
2. រីករាយ	/rik reay/ 高興
3. ណាស់	/nas/ 非常
4. ស្គាល់	/skol/ 認識
5. ឈ្មោះ	/chhmuos/ 名字
6. សុខសប្បាយ	/sok sabay/ 很好
7. អ្នក	/neak/ 你、妳、您
8. គាត់	/kwat/ 他、她

9. តើ
/ter/
是……？（疑問句的開頭）

10. អ្វី
/avey/
什麼

11. អ្នកណា
/neak na/
誰

12. មកពី
/mok pi/
來自

13. ទីនេះ
/ti nis/
這裡

14. ទីណា
/ti na/
哪裡

15. នេះជា
/nis chhea/
這是

16. នោះជា
/nus chhea/
那是

17. ចេះ
/jes/
會

18. និយាយ	/ni yeay/ 說話、講話
19. អរគុណ	/orkun/ 謝謝
20. សុំទោស	/sum tos/ 對不起

文化介紹　如何問人名或東西

在柬埔寨，不論是詢問名字或東西，都會用到「តើ……អ្វី?」（是……什麼？/……嗎？/……呢？）這樣的疑問句。以下以「តើអ្នកឈ្មោះអ្វី?」（您/你叫什麼名字呢？）及「តើនេះជាអ្វី?」（這是什麼呢？）為例，說明這個疑問句的使用方法。

例1：តើ……អ្វី? → តើអ្នកឈ្មោះអ្វី?（您/你叫什麼名字？）

當要詢問對方的名字時，需要用「តើ」（疑問句）作為問句的開頭，之後再加上要詢問的詞彙「អ្នកឈ្មោះ」（您/你的名字）。而「អ្នកឈ្មោះ」是由「អ្នក」（您/你）＋「ឈ្មោះ」（名字）組合而成。最後，句尾再加上「អ្វី」（什麼），因此完整的問句為「តើអ្នកឈ្មោះអ្វី?」（您/你叫什麼名字？）。

例2：តើ……អ្វី? → តើនេះជាអ្វី?（這是什麼？）

同樣的，當要詢問「這是什麼呢？」的時候，一樣是將「នេះជា」（這是）填入「តើ……អ្វី?」這個問句中，因此完整的問句為「តើនេះជាអ្វី?」（這是什麼？）。

造句練習

MP3-04

1. តើអ្នកឈ្មោះអ្វី? 你叫什麼名字？

/ter neak chhmuos avey/

2. ខ្ញុំឈ្មោះ·········។ 我叫……。

/knhom chhmuos/

3. តើអ្នកសុខសប្បាយជាទេ? 你最近好嗎？

/ter neak sok sabay chhea te/

4. ខ្ញុំសុខសប្បាយទេ។ 我很好。

/knhom sok sabay te/

5. នេះជាបងប្រុសខ្ញុំ។ 這是我的哥哥。

/nis chhea bong bros knhom/

6. នោះជាប្អូនស្រីខ្ញុំ។ 那是我的妹妹。

/nus chhea p’oun srey knhom/

7. ទីនេះទីណា? 這裡是哪裡呢？

/ti nis ti na/

8. ទីនេះគឺ……។ 這裡是……。

/ti nis keu/

9. តើអ្នកមកពីណា? 你從哪裡來呢？

/ter neak mok pi na/

10. ខ្ញុំមកពី………។ 我從……。

/knhom mok pi/

11. មកទីនេះយូរនៅ? 來這多久了？

/mok ti nis you nov/

12. មានការអីដែរ? 有什麼事嗎？

/mean ka ey dea/

03 ញ៉ាំនិងផឹក

/nham neng perk/

飲食文化

MP3-05

1. 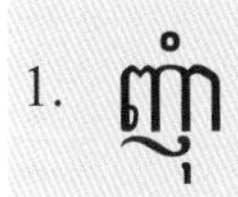 ញ៉ាំ	/nham/ 吃（較多人使用，多用於都市）
2. ពិសារ	/pi sa/ 吃（敬語，晚輩對長輩用語，多用於鄉下。）
3. ហូប	/houb/ 吃（平輩用語，多用於鄉下。）
4. ស៊ី	/si/ 吃（長輩對晚輩的常見用語，建議少用）
5. បាយ	/bai/ 飯
6. ផឹក	/pek/ 喝
7. ទឹក	/tek/ 水
8. តែ	/tea/ 茶

9. កាហ្វេ	/café/ 咖啡
10. ស្រា	/sra/ 酒

文化介紹　柬埔寨的用餐禮儀

柬埔寨是個重視長幼關係的國家，因此即使是使用「吃」這個動詞時，也要注意與對方的上下、尊卑關係，因為會依據說話者與聽話者地位之不同，而有不同用法。說明如下：

1. 「ញ៉ាំ」（吃），一般用語，大多是對「平輩」或晚輩說話時使用。
2. 「ពិសារ」（吃），敬語，是晚輩對長輩、或對社會地位比自己高的人說話時使用。
3. 「ហូប」（吃），平輩用語，但對長輩也可以使用，大多用於在鄉下的地方。
4. 「ស៊ី」（吃），限於長輩對晚輩。由於用詞較不文雅，盡量不要使用。

造詞練習

MP3-06

1. ញ៉ាំបាយ　吃飯（常用詞）

/nham bay/

2. ពិសារបាយ　吃飯（敬語，晚輩對長輩使用）

/pi sa bay/

3. ហូបបាយ　吃飯（敬語，晚輩對長輩使用，大多用於鄉下）

/houb bai/

4. ស៊ីបាយ　吃飯（長輩對晚輩，或平輩對平輩使用，建議少用）

/si bai/

5. ផឹកទឹក　喝水

/pek tek/

6. ផឹកតែ　喝茶

/pek tea/

7. ផឹកស្រា 喝酒

/pek sra/

8. ផឹកកាហ្វេ 喝咖啡

/pek café/

9. ពិសារទឹក 喝水（晚輩對長輩使用）

/pi sa tek/

10. ពិសារតែ 喝茶（晚輩對長輩使用）

/pi sa tea/

11. ពិសារកាហ្វេ 喝咖啡（晚輩對長輩使用）

/pi sa café/

12. ពិសារស្រា 喝酒（晚輩對長輩使用）

/pi sa sra/

造句練習

MP3-07

1. ប៉ាពិសាបាយ។ 爸爸吃飯。（晚輩對長輩使用）

/ba pi sa bai/

2. ម៉ាក់ខ្ញុំស្អាតណាស់។ 我媽媽很漂亮。

/mak knhom sart nas/

3. បងប្រុសញ៉ាំបាយនៅ? 哥哥吃飯沒？

/bong bros nham bai nov/

4. ម៉ាក់! លោកយាយញ៉ាំបាយហើយឬនៅ?

/mak lok yeay nham bai ree nov/ 媽！奶奶吃飯沒？

5. លោកតាពិសារទឹកតែទេ? 爺爺要喝茶嗎？

/lork ta pi sa di tea te/

6. ខ្ញុំចង់ផឹកកាហ្វេ។ 我想喝咖啡。

/knhom jong pek café/

7. ប៉ាផឹកកាហ្វេទេ?
爸要喝咖啡嗎？
/ba pek café te/

8. ម៉ាក់ផឹកទឹកទេ?
媽媽要不要喝水？
/mak pek tek te/

9. លោកយាយពិសារទឹកទេ?
奶奶要不要喝水？
/lok yeay pi sa tek te/

10. បងស្រីចង់ផឹកអ្វី?
姊姊妳要喝什麼？
/bong srey jong pek awey/

11. មានអ្វីញុំាទេ?
有什麼可以吃嗎？
/mean avey nham te/

12. ខ្ញុំមិនចង់ញុំាទេ។
我不想吃。
/knhom men jong nham te/

04 ថ្ងៃនិងពេលវេលា

/thngai ning pel velea/

時間和日期

MP3-08

1. ថ្ងៃ	/tgai/ 日
2. ខែ	/kea/ 月
3. ឆ្នាំ	/chhnam/ 年
4. ពេល	/pel/ 時間
5. ព្រឹក	/prek/ 早上（口語）
6. ថ្ងៃត្រង់	/tgai trong/ 中午（口語）
7. ល្ងាច	/lngeach/ 下午（口語）
8. យប់	/yub/ 晚上（口語）

9. ថ្ងៃនេះ
/tgai nis/
今天

10. ថ្ងៃស្អែក
/tgai s’ek/
明天

11. ខានស្អែក
/kan s’ek/
後天

12. ម្សឹលម៉ិញ
/msel minh/
昨天

13. ម្សឹលម្ង៉ៃ
/msel m’ngai/
前天

造詞練習

MP3-09

1. ពេលព្រឹក　早上（書面用語）

/pel prek/

2. ពេលថ្ងៃត្រង់　中午（書面用語）

/pel tgai trong/

3. ពេលរសៀល　下午（書面用語）

/pel ro seal/

4. ពេលល្ងាច　傍晚（書面用語）

/pel lngeach/

5. ពេលយប់　晚上（書面用語）

/pel yub/

6. ពេលរាត្រី　凌晨（書面用語）

/pel rea try/

7. ពេលនេះ 現在（書面用語）

/pel nis/

8. អាហារ 食物

/ah ha/

9. ម្ហូបអាហារ 餐

/mhob ah ha/

10. ហៅម្ហូប 點餐

/hov mhob/

文化介紹 柬埔寨的用餐時間

柬埔寨的時間跟臺灣的時間相差1個小時，臺灣比柬埔寨快1個小時。用餐以米飯為主食，跟臺灣一樣分為早、午、晚三餐。早餐是清晨5點到早上7點，午餐為早上11點到下午1點，晚餐為下午5點到晚上7點。早期柬埔寨人沒有吃宵夜的習慣，但近年來隨著商業蓬勃發展，首都「金邊」（ភ្នំពេញ/phokeno/），以及「馬德望」（បាត់ដំបង/paka takem pano/）、「暹粒」（សៀមរាប/sakiemo rokapa/）等大城市，也開始有夜市可以逛了。

造句練習

MP3-10

1. ព្រឹកនេះខ្ញុំនៅផ្ទះញ៉ាំអាហារពេលព្រឹក។

/prek nis knhom nov pteas nham ah ha pel prek/

今天我在家吃早餐。

2. ថ្ងៃស្អែកខ្ញុំនៅផ្ទះ។ 明天我會在家。

/tgai s'ek knhom nov pteas/

3. ល្ងាចនេះពួកយើងទៅណា? 晚上我們去哪？

/lngeach nis puok yerng tov na/

4. ម្សិលមិញម៉ាក់ប៉ាទៅណា? 昨天爸媽去哪裡？

/msel minh mak pa tov na/

5. ប៉ាម៉ាក់ថ្ងៃត្រង់ញ៉ាំបាយជាមួយគ្នា។

/pa mak tgai trong nham bay chhea mouy knea/

爸媽中午一起吃飯。

6. ថ្ងៃនេះតើឯងនៅផ្ទះទេ? 今天你在家嗎？

/tgai nis tai eng nov pteas te/

7. យប់នេះញ៉ាំបាយជាមួយគ្នា។ 晚上一起吃飯。

/yub nis nham bay chhea mouy knea/

8. ម្ហូបថ្ងៃនេះឆ្ងាញ់ទេ? 今天的餐好吃嗎？

/mhoub tgai nis chhnganh te/

9. ជួយហៅម្ហូបអោយខ្ញុំផង។ 你幫我叫一下餐。

/chhuoy hov mhoub oy knhom pong/

10. តើឯងចូលចិត្តញ៉ាំអ្វី? 你喜歡吃什麼？

/ter eng chol chit nham avey/

11. តើអ្នកចូលចិត្តញ៉ាំឆាមីទេ? 你喜歡吃炒麵嗎？

/ter neak chol chit nham cha mi te/

12. ខ្ញុំមិនចូលចិត្តញ៉ាំមីទេ។ 我不喜歡吃麵。

/knhom men chol chit nham cha mi te/

05 ស្គាល់ឈ្មោះថ្ងៃនិងខែ

/skol chhmuos tgai neng kea/

星期與月分

MP3-11

一週幾天

1. ចន្ទ	/chan/ 星期一
2. អង្គារ	/angkear/ 星期二
3. ពុធ	/put/ 星期三
4. ព្រហស្បតិ៍	/pro huos/ 星期四
5. សុក្រ	/sok/ 星期五
6. សៅរ៍	/sav/ 星期六
7. អាទិត្យ	/atit/ 星期日

月分的說法

MP3-12

1. ខែមួយ	/kea muoy/ 一月
2. ខែពីរ	/kea pi/ 二月
3. ខែបី	/kea bey/ 三月
4. ខែបួន	/kea bourn/ 四月
5. ខែប្រាំ	/kea bram/ 五月
6. ខែប្រាំមួយ	/kea bram muoy/ 六月
7. ខែប្រាំពីរ	/kea bram pi/ 七月
8. ខែប្រាំបី	/kea bram bey/ 八月

9. ខែប្រាំបួន	/kea bram buorn/ 九月
10. ខែដប់	/kea dob/ 十月
11. ខែដប់មួយ	/kea dob muoy/ 十一月
12. ខែដប់ពីរ	/kea dob pi/ 十二月

十二個月的「名稱」（書面用語）

MP3-13

1. មករា	/makara/ 一月
2. កុម្ភៈ	/kompheak/ 二月
3. មិនា	/minea/ 三月
4. មេសា	/mesa/ 四月

5. ឧសភា	/uo sa phea/ 五月
6. មិថុនា	/mi tho na/ 六月
7. កក្កដា	/kakada/ 七月
8. សីហា	/sey ha/ 八月
9. កញ្ញា	/kanh nha/ 九月
10. តុលា	/tola/ 十月
11. វិច្ឆិកា	/vichaka/ 十一月
12. ធ្នូ	/thnou/ 十二月

文化介紹 柬埔寨日期表現的不同

看到柬埔寨的月曆，大家一定會有疑問，為什麼柬埔寨有兩種不同的月分表現呢？那是因為柬埔寨在表示日期時，文章用法和口語用法有所不同。

以「一月一日」為例，如果聽到有人說「ថ្ងៃមួយខែមួយ」（「ថ្ងៃមួយ」（一天）＋「ខែមួយ」（一個月）），這屬於口語用法，但若用文字表現的話，就要用「ថ្ងៃទីមួយខែមករា」（「ថ្ងៃទីមួយខែ」（第一天）＋「មករា」（一月））。

05 星期與月分

造句練習

MP3-14

1. តើថ្ងៃនេះថ្ងៃអ្វី? 今天是星期幾？

/ter tgai nis tgai awey/

2. ថ្ងៃនេះជាថ្ងៃពុធ។ 今天星期三。

/tgai nis chea tgai put/

3. តើថ្ងៃស្អែកជាថ្ងៃអ្វី? 明天星期幾？

/ter tgai s'ek chea tgai awey/

4. ថ្ងៃស្អែកជាថ្ងៃព្រហស្បតិ៍។ 明天星期四。

/tgai s'ek chea tgai pro huos/

5. ទៅណា? 去哪裡？

/tov na/

6. ពួកយើងថ្ងៃអាទិត្យទៅណា? 我們星期日去哪裡？

/puok yerng tgai atit tov na/

7. ថ្ងៃអាទិត្យពួកយើងទៅផ្ទះតាយាយ។

/tgai atit puok yerng tov pteas ta yeay/

我們星期日去爺爺奶奶家。

8. ខែមករាពួកយើងទៅលេងផ្ទះប៉ាម៉ាក់។

/kea makara puok yerng tov leng pteas ba mak/

一月我們去爸媽家玩。

9. តើអ្នកដឹងខែមួយខ្មែរហៅអ្វីទេ?

/ter neak deng kea muoy khmer hov avey te/

你知道柬埔寨的一月怎麼說嗎？

10. តើខែតុលាជាខែប៉ុន្មាន? 你知道「តុលា」是幾月嗎？

/ter kea tola chhea kea bunman/

11. កម្ពុជាខែដប់ពីររងារទេ? 柬埔寨十二月冷嗎？

/kampuchhea kea dob pi ro ngea te/

12. ខែបួនថ្ងៃទីដប់បួន ដប់ប្រាំ ដប់ប្រាំមួយជាថ្ងៃចូលឆ្នាំខ្មែរ។

/kea dob buorn tgai ti dob buorn, dob bram, dob bram muoy, chhea tgai jol chhnam khmer/

四月十四日、十五日、十六日是柬埔寨的過年。

06 លេខ១ដល់១០០

/lek muoy dol lek muoy roy/

數字 1 ～ 100

MP3-15

1. ១	/muoy/ 一（1）
2. ២	/pi/ 二（2）
3. ៣	/bey/ 三（3）
4. ៤	/buon/ 四（4）
5. ៥	/bram/ 五（5）
6. ៦	/bram muoy/ 六（6）
7. ៧	/bram pi/ 七（7）
8. ៨	/bram bey/ 八（8）

9. ៩	/bram boun/ 九（9）
10. ១០	/dob/ 十（10）
11. ១១	/dob muoy/ 十一（11）
12. ១២	/dob pi/ 十二（12）
13. ១៣	/dob bey/ 十三（13）
14. ១៤	/dob buon/ 十四（14）
15. ១៥	/dob bram/ 十五（15）
16. ១៦	/dob bram muoy/ 十六（16）
17. ១៧	/dob bram pi/ 十七（17）

18. ១៨

/dob bram bey/
十八（18）

19. ១៩

/dob bram boun/
十九（19）

20. ២០

/maphai/
二十（20）

21. ៣០

/sam/
三十（30）

22. ៤០

/sea/
四十（40）

23. ៥០

/ha/
五十（50）

24. ៦០

/hok/
六十（60）

25. ៧០

/chit/
七十（70）

26. ៨០

/bet/
八十（80）

27. ៩០	/kov/ 九十 （90）
28. ១០០	/muoy roy/ 一百 （100）

數字大寫

1. មួយ	/muoy/ 壹
2. ពីរ	/pi/ 貳
3. បី	/bey/ 參
4. បួន	/buon/ 肆
5. ប្រាំ	/bram/ 伍
6. ប្រាំមួយ	/bram muoy/ 陸

7. ប្រាំពីរ	/bram pi/ 柒
8. ប្រាំបី	/bram bey/ 捌
9. ប្រាំបួន	/bram boun/ 玖
10. ដប់	/dob/ 拾
11. ម្ភៃ	/maphai/ 貳拾
12. សាមសិប	/sam sib/ 叁拾
13. សែសិប	/sea sib/ 肆拾
14. ហាសិប	/ha sib/ 伍拾
15. ហុកសិប	/hok sib/ 陸拾

16. ចិតសិប	/chit sib/ 柒拾
17. ប៉ែតសិប	/bet sib/ 捌拾
18. កៅសិប	/kov sib/ 玖拾
19. មួយរយ	/muoy roy/ 壹佰

文化介紹　柬埔寨的貨幣

柬埔寨的貨幣稱為「រៀល」（柬幣；瑞爾KHR），紙幣面額最小的是50元，最大的是10萬元，新臺幣（NTD）1元等於柬幣（KHR）100元。

柬埔寨貨幣大多使用在傳統市場，那是因為傳統市場的物價偏低，而傳統市場以外的物價都很高，使用柬幣不便，因此大都使用美金。例如：在柬埔寨買一杯台灣珍珠奶茶大約要美金3～5元，換算新臺幣約100～150元，再換成柬幣約10,000～15,000元，金額太過龐大，所以大多數的民眾喜歡使用美金。不過還有另一種說法是，由於柬埔寨的公司老闆大多是外國人，員工所領的薪水多是美金，因此美金成為常見的貨幣，也因為在柬埔寨使用美金消費的接受度越來越高，若有計畫去柬埔寨旅遊，只攜帶美金也可以喔。

造句練習

MP3-17

1. ថ្ងៃអាទិត្យទី១០ខែមេសាឆ្នាំ២០២០

/tgai atit ti dob kea mesa chhnam pi buan maphai/

二零二零年四月十日星期日

2. ថ្ងៃទី៩ខែមករាជាថ្ងៃខួបកំណើតខ្ញុំ។

/tgai ti bram buorn kea makara chhea tgai kurb kom nert knhom/

一月九日是我生日。

3. ថ្ងៃទី២៨ខែកុម្ភៈម៉ាក់ទៅណាទេ?

/tgai ti maphai bram bey kea kompheak mak tov na te/

二月二十八日媽媽您要去哪裡？

4. ខែនេះថ្ងៃសាមសិបខ្ញុំទៅលេងផ្ទះប៉ាម៉ាក់។

/kea nis tgai sam sib knhom tov leng pteas ba mak/

這個月三十號我去爸媽家玩。

5. ខែប្រាំមួយថ្ងៃប្រាំមួយជាថ្ងៃកំណើតប៉ាខ្ញុំ។

/kea bram muoy tgai bram muoy chhea tgai kom nert ba knhom/

六月六號是我爸生日。

6. លុយខ្មែរមួយរយស្មើរនឹងមួយរៀលលុយតៃវ៉ាន់។

/luy khmer muoy roy smer neng muoy riel luy taiwan/

臺幣一塊等於柬幣一百元。

7. តើឯងមានកម្ពស់ប៉ុន្មាន? 你的身高有多高？

/ter eng mean kompuos bunman/

8. ខ្ញុំមានកម្ពស់មួយម៉ែត្រចិតសិប ចុះឯងវិញ?

/knhom mean kompuos muoy meat chit sib chos eng vinh/

我身高是一百七十公分，你呢？

9. ខ្ញុំមានកម្ពស់មួយម៉ែត្រហុកប្រាំ។

/knhom mean kompuos muoy met hok bram/

我身高是一百六十五公分。

10. ប៉ាខ្ញុំមានកម្ពស់មួយម៉ែត្រប៉ែតសិប។

/ba knhom mean kompuos muoy met chit sib/

我爸爸的身高有一百八十公分。

11. ម៉ាក់ខ្ញុំមានកម្ពស់មួយម៉ែត្រហុកពីរ។

/mak knhom mean kompuos muoy met hok pi/

我媽媽身高是一百六十二公分。

12. ប្អូនប្រុសខ្ញុំមានកម្ពស់មួយម៉ែត្រម្ភៃប្រាំ។

/p’oun bros knhom mean kompuos muoy met ma phai bram/

我弟弟身高是一百二十五公分。

07 ទៅក្រៅទិញរបស់

/bran pi tov krav tinh le bos/

出門買東西

MP3-18

1. ថ្ងៃសម្រាក	/tgai som rak/ 公休日
2. ទៅណាលេង?	/tov na leng/ 去哪裡玩？
3. ទៅផ្សារ	/tov phsar/ 去菜市場
4. ទិញរបស់	/tinh rbos/ 買東西
5. ផ្លែឈើ	/phlea chhoeu/ 水果
6. បន្លែ	/bun lea/ 蔬菜 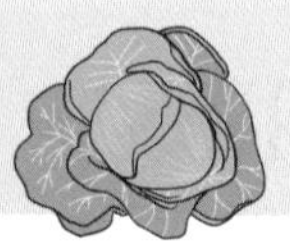
7. សាច់	/sach/ 肉
8. សាច់ជ្រូក	/sach chhrouk/ 豬肉

9. សាច់គោ	/sach ko/ 牛肉
10. សាច់មាន់	/sach morn/ 雞肉
11. សាច់ទា	/sach tea/ 鴨肉
12. សាច់ត្រី	/sach trey/ 魚肉
13. ផ្លែប៉ោម	/phlea borm/ 蘋果
14. ផ្លែចេក	/phlea chek/ 香蕉
15. ផ្លែត្របែក	/phlea tro bek/ 芭樂
16. ពងមាន់	/pong morn/ 雞蛋
17. ពងទា	/pong tea/ 鴨蛋

18. តម្លៃប៉ុន្មាន?	/dom lai bunman/ 多少錢？、價錢多少？
19. ថៅកែ	/tov kea/ 老闆
20. លុយ	/luy/ 金錢
21. លុយខ្ញុំ	/luy knhom/ 我的錢
22. អស់ប៉ុន្មាន?	/os bunman/ 花多少錢？

文化介紹 柬埔寨購物提醒

在柬埔寨旅遊購物時一定要記得要殺價喔！在聽到一般商店、攤販的老闆説的商品價格以後，不用客氣，務必從七折或八折開始殺價才不會吃虧！但如果是在連鎖商店或百貨公司，由於都是均一價，就沒辦法殺價了。

現在到柬埔寨旅遊的觀光客越來越多，當然也會有必買的伴手禮，例如：柬埔寨棕櫚糖。棕櫚糖是柬埔寨的國寶，屬於天然食品，是由棕櫚樹的花汁熬製而成。此外，柬埔寨的腰果和胡椒也很有名，大家如果到柬埔寨，可以買來送親朋友好，是不錯的選擇喔！

造句練習

MP3-19

1. ថៅកែ សាច់ជ្រូកតម្លៃប៉ុន្មាន?

/tov kea sach chrok lom lai bun man/

老闆，豬肉怎麼賣？

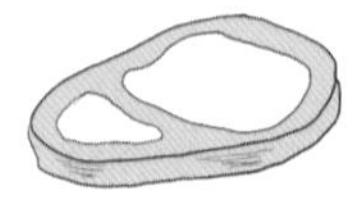

2. ខ្ញុំ ចង់ទិញផ្លែចេក។

/knhom chong tinh phlea chek/

我想買香蕉。

3. ព្រឹកនេះខ្ញុំចង់ទៅផ្សារ។

/prek nis knhom chong tov psa/

今天早上我想去菜市場。

4. ថ្ងៃនេះខ្ញុំនៅផ្ទះធ្វើម្ហូប។

/tgai nis knhom nov phteas tver phob/

今天我在家做菜。

5. តើខ្ញុំអស់ប៉ុន្មាន?

/ter knhom ors bun man/

我要付多少錢？

6. ថ្ងៃនេះខ្ញុំសម្រាក។ 今天我休假。

/tgai nis knhom som rak/

7. ព្រឹកនេះខ្ញុំទៅផ្សារជាមួយម៉ាក់។

/prek nis knhom tov phsa chhea muoy mak/

今天早上我跟媽媽去菜市場。

8. បងប្រុសនិងប៉ានៅផ្ទះ។ 哥哥和爸爸在家。

/bong bros neng pa nov ptea/

9. ខ្ញុំចូលចិត្តញ៉ាំពងមាន់។ 我喜歡吃雞蛋。

/knhom chil chit nham pong morn/

10. យប់នេះខ្ញុំចង់ទៅផ្សាររាត្រីដើរលេង។

/yob nis knhom chong tov psa rea trey der leng/

今天晚上我想去逛夜市。

11. បងប្រុសទៅជាមួយគ្នាទេ? 哥哥要一起去嗎？

/bong bros tov chhea muoy knea te/

12. ទីនោះដើរលេងសប្បាយទេ? 那裡好玩嗎？

/ti nus der leng sabay te/

08 ពាក្យប្រើនៅសាលា

/peak brer nov sala/

學校用語

MP3-20

1. សាលារៀន	/sala rean/ 學校
2. ភាសា	/phea sa/ 語言
3. រៀន	/rean/ 學習
4. និយាយ	/ni yeay/ 講話
5. ប្រទេស	/bro tes/ 國家
6. ខ្មែរ	/khmer/ 高棉
7. កម្ពុជា	/kam pu chhea/ 柬埔寨
8. គ្រូ	/kru/ 老師

9. អ្នកគ្រូ	/neak kru/ 女老師
10. លោកគ្រូ	/lok kru/ 男老師
11. សិស្ស	/sers/ 學生
12. មិត្ត	/met/ 朋友
13. ថ្នាក់រៀន	/thnak rean/ 教室
14. មិត្តរួមថ្នាក់	/met rorm thnak/ 同學
15. មិត្តភក្តិ	/met pheak/ 好朋友
16. សៀវភៅ	/seav pov/ 書本
17. ទៅសាលា	/tov sala/ 去學校

18. ចេញលេង	/chenh leng/ 下課
19. ចេញពីរៀន	/chenh pi rean/ 放學
20. ប៊ិច	/bich/ 筆
21. ខ្មៅដៃ	/khmao dai/ 鉛筆
22. ជ័រលុប	/chhor lob/ 橡皮擦
23. កាវបិទ	/kav bit/ 膠水
24. ទីនេះ	/ti nis/ 這是（地方）
25. ទីនោះ	/ti nus/ 那是（地方）

文化介紹 柬埔寨的學生與學校教育

柬埔寨的學生制服，從幼稚園到大學，不論男女，上衣一律都是白色，而褲子或裙子則是以黑色或深藍色為主。柬埔寨的鄉下地方沒有特別設立幼稚園，而不管都市或鄉下的國小都只上半天課。有關上課時間可以分為上午班和下午班，早上是從上午7點到中午11點，下午則是從下午1點到下午5點。

柬埔寨的教育跟臺灣一樣，國小讀六年再升上國中。不同的是，柬埔寨升國中時需要聯考，如果沒有考過就必須留級。到了國中一樣要讀三年，才能升上高中，升高中一樣要考試，若沒有考過一樣需要留級。而到了大學，就要看科系才知道要讀幾年。

在柬埔寨沒有義務教育，你想讀就讀，如果不想讀就在家幫忙做事或去找工作，有些人連國小都沒有畢業，因此在柬埔寨20年前連國小都沒畢業的人滿多的，但現在的人生得少、經濟也越來越好了，也開始知道讀書很重要，所以大學畢業的年輕人也越來越多。

造句練習

MP3-21

1. សាលារៀនខ្ញុំ។ 我的學校。

/sala rean knhom/

2. ខ្ញុំរៀនភាសាខ្មែរ។ 我學高棉語。

/knhom rean phea sa khmer/

3. ខ្ញុំ ចេះនិយាយភាសាខ្មែរ។ 我會說高棉語。

/knhom ches ni yeay phea sa khmer/

4. នេះជាអ្នកគ្រូខ្ញុំ។ 這是我的女老師。

/nis chhea neak kru knhom/

5. នោះជាលោកគ្រូខ្ញុំ។ 那是我的男老師。

/nus chhea lok kru knhom/

6. ខ្ញុំរៀនថ្នាក់ទីមួយ។ 我讀一年級。

/knhom rean thnak ti mouy/

7. មិត្តភក្តិខ្ញុំ។ 我的好朋友。

/met pheak knhom/

8. ប្រទេសកម្ពុជា។ 柬埔寨國家。

/bro tes kam pu chhea/

9. និយាយភាសាខ្មែរ។ 說高棉語。

/ni yeay phea sa khmer/

10. ប្រទេសកម្ពុជានិយាយភាសាខ្មែរ។

/bro tes kam pu chhea ni yeay phea sa khmer/

柬埔寨國家說高棉語。

11. សៀវភៅភាសាខ្មែរ។ 高棉語的書。

/seav pov phea sa khmer/

12. នេះជាខ្មៅដៃរបស់ខ្ញុំ។ 這是我的鉛筆。

/nis chhea khmao dai ro bos knhom/

09 តេទូរស័ព្ទ

/te tu r’sab/

電話連絡

MP3-22

1. ទូរស័ព្ទ	/tu r’sab/ 電話
2. លេខទូរស័ព្ទ	/lek tu r’sab/ 電話號碼
3. ហេឡូ	/hello/ 喂
4. ជំរាបសួរ	/chum reab suor/ 您好
5. សុំទោស	/som tos/ 對不起、不好意思
6. រកអ្នកណា?	/rok neak na/ 找誰？
7. អ្នកណាគេ?	/neak na ke/ 誰？
8. ពីណាគេ?	/pi na ke/ 你是誰？

9. ចង់រកអ្នកណា?	/chong rok neak na/ 想要找誰？
10. ដឹង	/leng/ 知道
11. អត់ដឹង	/ort leng/ 不知道
12. ដឹងទេ?	/leng te/ 知道嗎？
13. ដឹងនៅ?	/leng nov/ 懂了嗎？
14. ដឹងហើយ	/leng hery/ 懂了
15. យល់	/yol/ 懂
16. អត់យល់	/ort yol/ 不懂
17. យល់ទេ?	/yol te/ 瞭解嗎？

18. នៅ	/nov/ 在
19. អត់នៅ	/ort nov/ 不在
20. នៅណា?	/nov na/ 在哪？
21. កំពុង	/kom pong/ 正在
22. កំពុងធ្វើ	/kom pong tver/ 正在做
23. កំពុងធ្វើអ្វី?	/kom pong tver avey/ 在幹嘛？

文化介紹　柬埔寨男女用語有別

在柬埔寨說高棉語時，男生和女生的用語不一樣。例如，當長輩們叫晚輩，而晚輩要回答「是」或「有」時，男、女的用語就不一樣。此時，男生要回答「**បាទ**」（是），而女生要回答「**ចា៎**」（是）。同樣的，不僅用在回應長輩，當別人問問題時，男生和女生也必須分別用「**បាទ**」或「**ចា៎**」來回應，表示同意或認同對方的話。由於在柬埔寨非常注重尊卑和禮貌，所以大家有機會去柬埔寨玩時務必注意。

對話練習

MP3-23

A：ហេឡូ ជំរាបសួរ។ Hello，您好。（女生用）

/hello chhum reab sur/

B：ហេឡូ ជំរាបសួរ។ Hello，您好。（男生用）

/hello chhum reab sur/

A：សុំទោសអ្នកជាអ្នកណា? ចង់រកអ្នកណាដែរ?

/som tos neak chhea neak na jong rok neak na del/

不好意思，你是誰？想要找誰？

B：ខ្ញុំឈ្មោះ… ចង់រក…។ 我是……。想找……。

/knhom chmuos ...jong rok .../

A：តើគាត់នៅដែរទេ? 他在嗎？

/ter kit nov del te/

B：នៅ(ចា៎) គាត់កំពុងនិយាយទូរស័ព្ទ។

/nov(jah) kit kom pong ni yeat tu r'sab/

是（女生用），他正在講電話。

A：អ្នកអាចទុកលេខទូរស័ព្ទអោយគាត់បានទេ?

/neak ach tuk lek tu r'sab oy kit ban te/

你可以留電話號碼給他嗎？

B：បាទ(បាទ) លេខទូរស័ព្ទរបស់ខ្ញុំ គឺ០៩៣០៣៦៣៦៨៨។

/ban(bat) lek tu r'sab robos knhom kee son bram buorn bey son bey bram muoy bram bey bram be/

是（男生用），可以。我的電話是 0930363688。

A：(ចា៎)ចាំ ខ្ញុំអោយគាត់តេទៅលោកវិញ។

/(jah)cham knhom oy kit te tov lok vinh/

是（女生用），等一下我跟他說，叫他回電。

B：អរគុណ(បាទ) ជំរាបលា។ 謝謝，再見。（男生用）

/or kun(bat) chhum reab lea/

A：ជំរាបលា(ចា៎)។ 再見。（女生用）

/chum reab lea(jah)/

10 ចរាចរណ៍ធ្វើដំណើរ

/jor ra jor tver dom ner/

交通工具

MP3-24

1. ឡាន	/lan/ 汽車
2. ម៉ូតូ	/moto/ 機車
3. កង់	/korng/ 腳踏車
4. ផ្លូវ	/phlov/ 路
5. ទៅមុខ	/tov mok/ 往前
6. ទៅក្រោយ	/tov kroy/ 往後
7. ឡានក្រុង	/lan krong/ 公車
8. ម៉ូតូឌុប	/moto dob/ 計程機車

9. បើកឡាន	/berk lan/ 開車
10. កង់បី	/korng bey/ 三輪車
11. ខាងឆ្វេង	/khang chhveng/ 左邊
12. ខាងស្តាំ	/khang s'dam/ 右邊
13. ខាងមុខ	/khang mok/ 前面
14. ខាងក្រោយ	/khang kroy/ 後面
15. ជិះ	/jis/ 搭；騎
16. ចេះ	/jes/ 會
17. មិនចេះ	/min jes/ 不會

18. ចង់ទៅ	/jong tov/ 想去
19. ចង់រៀន	/jong rean/ 想學
20. ចេះជិះ	/jes jis/ 會搭；會騎
21. ចេះហើយ	/jes hery/ 會了

文化介紹　柬埔寨的駕車與交通

柬埔寨常見的交通工具有摩托車、摩托計程車、嘟嘟車、腳踏車、汽車。在市區也有公車、長途客運，近年火車也通了。柬埔寨跟臺灣一樣，是靠右駕駛（左駕）的國家。在柬埔寨的都市騎機車，當要左轉時，不像在臺灣有待轉區，而是可以直接左轉。而在鄉下騎機車，一般來說沒有紅綠燈，所以在路口要過馬路或轉彎時，務必按喇叭提醒左右來車及行人，若沒有按喇叭直接行駛而撞到車或人，應負的肇事責任較大；若有按喇叭再行時而撞到車或人，則應負的肇事責任相對較小。近年來，柬埔寨的交通發展越來越進步，所以相信未來相關法規會持續修正。

造句練習

MP3-25

1. ខ្ញុំចង់រៀនជិះម៉ូតូ។

/knhom jong rean jis moto/

我想學騎機車。

2. ខ្ញុំចេះជិះម៉ូតូ។

/knhom jes jis moto/

我會騎機車。

3. ខ្ញុំចង់រៀនបើកឡាន។

/knhom jong rean berk lan/

我想學開車。

4. ខ្ញុំចេះបើកឡានហើយ។

/knhom jes berk lan hery/

我會開車。

5. តើឯងចេះបើកឡានទេ?

/ter eng jes berk lan te/

你會開車嗎？

6. ខ្ញុំមិនចេះបើកឡានទេ។

/knhom men jes berk lan te/

我不會開車。

7. ខ្ញុំចេះជិះម៉ូតូហើយ ហើយក៏ចេះបើកឡានដែរ។

/knhom jes jis moto hery hery kor jes berk lan dea/

我會騎機車也會開車。

8. ខ្ញុំជិះឡានក្រុងទៅផ្ទះ។ 我坐公車回家。

/knhom jis lan krong tov pteas/

9. ពួកយើងជិះកង់ខាងស្តាំដៃ។ 我們騎腳踏車要靠右邊騎。

/purk yerng jis korng kang sdam dai/

10. ខ្ញុំមិនចេះជិះកង់ទេ។ 我不會騎腳踏車。

/knhom men jes jis korng te/

11. ខ្ញុំចង់ទៅដែរ។ 我也想去。

/knhom jong tov dea/

12. ផ្លូវនេះទៅដល់ខាងមុខផ្ទះខ្ញុំហើយ។

/p'lov nis tov dol khang mok pteas knhom hery/

這條路的前方就是我家。

11 ពាក្យប្រើរាល់ថ្ងៃ

/peak brer rol tgai/

常用詞彙

MP3-26

1. កម្ពុជា	/kam pu chhea/ 柬埔寨
2. ខ្មែរ	/khmer/ 高棉
3. ភ្នំពេញ	/phnom penh/ 金邊
4. ដើរលេង	/der leng/ 逛街；玩
5. ទៅណា?	/tov na/ 去哪？
6. មកពីណា?	/mok pi na/ 從哪裡來？
7. ចង់បានអ្វី?	/jong ban avey/ 想要什麼？
8. រកអ្វី?	/rok avey/ 找什麼？

9. យកអ្វី?	/yok avey/ 拿什麼？
10. មួយណា?	/muoy na/ 哪一個？
11. ពណ៌អ្វី?	/puor avey/ 什麼顏色
12. របស់ខ្ញុំ	/ro bos knhom/ 我的
13. របស់គាត់	/ro bos kwat/ 他的
14. របស់អ្នកណា	/ro bos neak na/ 誰的
15. ខ្ញុំចង់បាន	/knhom jong ban/ 我想要
16. នៅខាងមុខ	/nov kang mok/ 在前面
17. នៅខាងក្រោយ	/nov kang kroy/ 在後面

18. ទៅមុខ	/tov mok/ 往前
19. ទៅឆ្វេង	/tov chhveng/ 向左
20. ទៅស្ដាំ	/tov s'dam/ 向右

文化介紹 柬埔寨的舊稱與首都

柬埔寨為中南半島之文明古國，有2000年以上之歷史。柬埔寨的正式名稱為「ព្រះរាជាណាចក្រកម្ពុជា」（柬埔寨王國），首都在「ភ្នំពេញ」（金邊市），同時也是柬埔寨最大的城市。

期間的吳哥王朝，又稱高棉帝國，至12世紀國勢鼎盛、文化燦爛，版圖包括今日柬埔寨全境以及泰、寮、越三國之部分地區，所以柬埔寨過去被稱為「ខ្មែរ」（高棉），首都舊址在「សៀមរាប」（暹粒市），也就是吳哥窟的所在地。柬埔寨曾於1863年淪為法國保護國，第二次世界大戰戰後，於1953年脫離法國獨立。

柬埔寨人通稱自己的國家為「ស្រុកខ្មែរ」（高棉國），或用更正式的名稱「ប្រទេសកម្ពុជា」（柬埔寨國）。

造句練習

MP3-27

1. ខ្ញុំជាជនជាតិខ្មែរ។ 我是高棉人，也就是柬埔寨人。

/knhom chhea jon jeat khmer/

2. ភ្នំពេញជាទីក្រុងរបស់កម្ពុជា។

/phnom penh chhea ti krong ro bos kam pu chhea/

金邊市是柬埔寨的首都。

3. តើឯងចង់ទៅដើរលេងទេ?

/ter eng jong de ler leng te/

你想要去逛街嗎？/ 你要出去玩嗎？

4. ទៅដើរលេងនៅទីណា? 去哪裡逛？/去哪裡玩？

/tov ler leng nov di na/

5. តើគាត់មកពីណាដែរ? 他從哪裡來？

/ter kwat mok pi na lea/

6. របស់នេះជារបស់អ្នកណា? 這個東西是誰的？

/ro bos nis chhea ro bos neak na/

7. ខ្ញុំនៅខាងក្រោយ។ 我在後面。

/knhom nov khang kroy/

8. តើបងកំពុងរកអ្វី? 您在找什麼？

/ter bong kom pong rok avey/

9. នៅខាងស្តាំមែនទេ? 在右邊嗎？

/nov khang sadam men te/

10. ទៅមុខទៀត។ 再往前。

/tov mok teat/

11. តើបងចង់បានអ្វី? 您想要什麼？

/ter bong jong ban avey/

12. តើគាត់មកវិញហើយឬនៅ? 他回來了嗎？

/ter keat mok vinh hery re nov/

12 ជួបលើកទីមួយការណែនាំខ្លួនឯង

/jurb lerk ti muoy ka nea norm klurn eng/

初次見面自我介紹

MP3-28

1. ជំរាបសួរ	/chhom reab suor/ 您好
2. អ្នកនាង	/neak neang/ 小姐
3. អ្នកស្រី	/neak srey/ 太太
4. លោកប្រុស	/lok bros/ 先生；老爺
5. អ្នកប្រុស	/neak bros/ 先生
6. អញ្ជើញ	/anh jernh/ 請
7. អង្គុយ	/ong nguy/ 坐
8. ចូល	/jol/ 進

9. ចេញ	/jenh/ 出
10. កំពុង	/kom pong/ 正在
11. និយាយ	/ni yeay/ 講話
12. ទៅមក	/tov mok/ 來去
13. ឥឡូវ	/ah lov/ 現在
14. កាលនោះ	/kal nus/ 那時
15. មិនអីទេ	/men ey te/ 沒關係
16. ស្វាគមន៍	/svakom/ 歡迎
17. ភាសា	/phea sa/ 語言

18. ចេះ	/jes/ 會
19. មិនចេះ	/min jes/ 不會
20. ស្គាល់	/skwal/ 認識
21. មិនស្គាល់	/min skwal/ 不認識
22. រីករាយណាស់	/rek reay nas/ 很高興

文化介紹 柬埔寨的招呼語

在柬埔寨，初次與人見面打招呼時一定會說「ជំរាបសួរ」（您好），且說這句的同時，要加上雙手合十的手式一起表現，才是比較有禮貌地打招呼方式。

在柬埔寨還有一個招呼語是「សួស្តី」（你好），一般是對平輩或是較熟的朋友才可以使用的招呼語。

過去在農業時代，柬埔寨人接待客人都會請客人吃檳榔或抽菸，像華人當有客人來時都會泡茶請客人喝一樣。

在柬埔寨會用菸和檳榔招待對方，代表客人非常尊貴，其中菸代表「男生」，檳榔代表「女生」，所以在柬埔寨婚禮的聘禮也有菸跟檳榔喔！

會話練習

MP3-29

A：ជំរាបសួរ(ចាំ)នាងខ្ញុំឈ្មោះ…។

/jum reab suor (ja) neang knhom chmuos/

您好（女生用），我的名字是……。

តើអ្នកឈ្មោះអ្វី? 您的大名是……？

/ter neak chmuos avey/

B：ជំរាបសួរ(បាទ)ខ្ញុំឈ្មោះ…

/jum reab suor (bat) knhom chmuos/

您好（男生用），我的名字是……

រីករាយណាស់បានស្គាល់អ្នក។

/rek reay nas ban skeal neak/

很高興認識您。

តើអ្នកនាងមកពីណាដែរ? 您從哪裡來？

/ter neak neang mok pi na dea/

A：ខ្ញុំមកពីតៃវ៉ាន់ ចុះគាត់វិញ? 我從臺灣來，您呢？

/knhom mok pi taiwan jos keat vinh/

B：ខ្ញុំមកពីដីគោក ខ្ញុំមកលេងកម្ពុជាជាលើកដំបូង។

/knhom mok pi dei kok knhom mok leng kam pu chhea lerk dom bong/

我從中國來的，我第一次來柬埔寨玩。

តើគាត់មកកម្ពុជាធ្វើការឬមកដើរលេង?

/ter keat mok kam pu chhea tver ka re mok der leng/

您來柬埔寨工作，還是旅遊？

A：ខ្ញុំមកកម្ពុជាធ្វើការបានប្រាំមួយខែហើយ។

/knhom mok kam pu chhea tver ka bram muoy kea hery/

我來柬埔寨工作已經六個月了。

គាត់និយាយភាសាខ្មែរបានល្អណាស់។

/keat ni yeay phea sa khmer ban laor nas/

您高棉語講得很好。

តើគាត់រៀនភាសាខ្មែរយូរឬនៅ?

/ter keat rean phea sa khmer you re nov/

您學高棉語多久了？

B：ខ្ញុំរៀនភាសាខ្មែរមួយឆ្នាំហើយ។

/knhom rean phea sa khmer muoy chhnam hery/

我學高棉語一年了。

MP3-30

國家、地區：

1. ប្រទេសជប៉ុន	/bratesa chebon/ 日本
2. ប្រទេសកូរ៉េ	/bratesa kaure/ 韓國
3. ប្រទេសថៃ	/bratesa thai/ 泰國
4. ប្រទេសវៀតណាម	/bratesa vietneam/ 越南
5. ប្រទេសឥណ្ឌូនេស៊ី	/bratesa indau ne sai/ 印尼
6. ប្រទេសសិង្ហបុរី	/bratesa senghobori/ 新加坡
7. ហុងកុង	/hongkong/ 香港

8. ម៉ាកាវ	/meakav/ 澳門
9. ប្រទេសអាមេរិក	/bratesa amerik/ 美國
10. ប្រទេសអង់គ្លេស	/bratesa angkles/ 英國
11. ប្រទេសបារាំង	/bratesa barang/ 法國
12. ប្រទេសអាល្លឺម៉ង់	/bratesa a llu m ng/ 德國

13 ដើរផ្សារលេង

/der psa leng/

逛市場

MP3-31

1. ផ្សារ	/psa/ 市場	
2. ទៅដើរលេង	/tov der leng/ 去逛一逛	
3. លោកពូ	/lok pu/ 叔叔	
4. អ្នកមីង	/neak ming/ 阿姨	
5. ស្រលាញ់	/srolanh/ 愛	
6. ចូលចិត្ត	/jol jet/ 喜歡	
7. ចង់បាន	/jong ban/ 想要	
8. មាន	/mean/ 有	

9. អត់មាន	/ort mean/ 沒有
10. មានអ្វី?	/mean avey/ 有什麼？
12. នៅមានទៀត	/nov mean teat/ 還有
13. ដឹងនៅ?	/deng nov/ 懂嗎？
14. មិនយល់	/men yol/ 不懂
15. នៅមានទេ?	/nov mean te/ 還有嗎？
16. ខោ	/khor/ 褲子
17. អាវ	/av/ 衣服
18. ស្បែកជើង	/sbek jerng/ 鞋子

13 逛市場

19. ទិញ	/tinh/ 買
20. លក់	/lurk/ 賣
21. ពណ៌ក្រហម	/pnrkraham/ 紅色
22. ពណ៌បៃតង	/pnrbaitang/ 綠色
23. ពណ៌ស	/pnrso/ 白色
24. ពណ៌លឿង	/pnrlueng/ 黃色
25. ពណ៌ខ្មៅ	/pnrkhmaw/ 黑色

文化介紹 逛逛柬埔寨的菜市場

到柬埔寨若想逛傳統市場，要注意都市與鄉下的傳統市場，其營業時間有所不同喔！如果在鄉下要逛傳統市場，就要早點去喔！要多早到呢？鄉下的傳統市場從清晨三、四點就開始做生意，所以早市在上午八、九點就休息囉！但如果是在城市，就不需要太擔心時間問題，因為跟臺灣一樣，整天都有市場可以逛。而且，現在城市裡也有百貨公司，所以到了柬埔寨，不妨也逛逛那裡的百貨公司吧！

造詞練習

MP3-32

1. ថ្ងៃនេះជាថ្ងៃសម្រាក។ 今天休假。

/tgai nis chhea tgai somrak/

2. ខ្ញុំចង់ទៅផ្សារដើរលេង។ 我想去逛市場。

/knhom jong tov psa der leng/

3. តើឯងចង់បានអ្វី? 你想要什麼？

/ter eng jong ban avey/

4. ខ្ញុំចង់ទិញអាវមួយ។ 我想要買一件衣服。

/knhom jong tinh av muoy/

5. ខ្ញុំស្រលាញ់ស្បែកជើងមួយគូរនោះ។

/knhom srolanh sbek jerng muoy ku nus/

我喜歡那雙鞋子。

6. ខ្ញុំមិនចូលចិត្តពណ៌សទេ។ 我不喜歡白色。

/knhom men jol jit puor sor te/

7. តើខោថ្មីខ្ញុំស្អាតទេ?

我的新褲子好看嗎？

/ter kao tmey knhom sart te/

8. ស្រលាញ់ពណ៌នេះទេ?

這個顏色喜歡嗎？

/srolanh puor nis te/

9. អាវនេះនៅមានទេ?

這個褲子還有嗎？

/av nis nov mean te/

10. ពណ៌នេះនៅមានទៀត។

這個顏色還有。

/puor nis nov mean teat/

11. នៅមានអ្វីខ្លះ?

還有哪些？

/nov mean avey klas/

12. ស្បែកជើងនេះមួយគូរតម្លៃប៉ុន្មាន?

/sbek jerng nis muoy ku dom lai pun man/

這雙鞋多少錢？

14 ផ្លែឈើដែលខ្ញុំចូលចិត្ត

/phlea cher del knhom jol jit/

我喜歡的水果

MP3-33

1. ជាមួយ	/chhea muoy/ 一起
2. ស្គាល់	/skeal/ 認識
3. ផ្លែឈើ	/phlea chher/ 水果
4. ផ្លែស្វាយ	/phlea svai/ 芒果 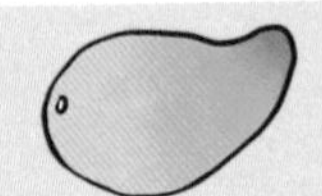
5. ផ្លែក្រូចឆ្មារ	/phlea kroch chma/ 檸檬
6. ផ្លែចេក	/phlea jek/ 香蕉 
7. ផ្លែសាវម៉ាវ	/phlea sao maov/ 紅毛丹
8. ផ្លែល្ហុង	/phlea lahong/ 木瓜

9. ផ្លែខ្នុរ	/phlea khnor/ 波羅蜜
10. ផ្លែម្នាស់	/phlea mnuos/ 鳳梨
11. ផ្លែស្រកានាគ	/phlea sroka neak/ 火龍果
12. ត្រប៉ែក	/trobek/ 芭樂
13. ផ្លែឪឡឹក	/phlea ov lerk/ 西瓜
14. ផ្លែដូង	/phlea dong/ 椰子
15. ទំពាំងបាយជូរ	/tum peang bai ju/ 葡萄
16. ផ្លែជម្ពូ	/phlea chum pu/ 蓮霧
17. ផ្លែប៉ោម	/phlea borm/ 蘋果

18. ទឹកដោះគោ	/tek dos ko/ 牛奶果
19. ផ្អែម	/p’em/ 甜
20. ជូរ	/juu/ 酸

文化介紹 柬埔寨的水果

「水果」的柬埔寨文是「ផ្លែឈើ」是由「ផ្លែ」（果實）和「ឈើ」（樹）兩個單字組合成「ផ្លែ＋ឈើ→ផ្លែឈើ」（樹的果實）。因此，只要記住果實的柬埔寨文還有樹名就能組成水果的名稱。再以「芒果」的柬埔寨文「ផ្លែស្វាយ」為例：是由「ផ្លែ」（果實）和「ស្វាយ」（芒果樹）結合為「ផ្លែ＋ស្វាយ→ផ្លែស្វាយ」（芒果樹的果實）。所以當要說其他水果的名稱時，只要先說「ផ្លែ」（果），之後再加上樹名就可以了！

果樹的名稱也是一樣，同樣以「芒果樹」的柬埔寨文「ដើមស្វាយ」為例：將「ដើម」（樹木）和「ស្វាយ」（芒果樹）兩個單字結合為「ដើម＋ស្វាយ→ដើមស្វាយ」（芒果樹的樹木）就是芒果樹了！

會話練習

MP3-34

1. តើឯងចូលចិត្តញ៉ាំផ្លែឈើអ្វី? 妳/你喜歡吃什麼水果？

/ter eng jol jit nham phlea chher avey/

2. ខ្ញុំចូលចិត្តញ៉ាំស្វាយ។ 我喜歡吃芒果。

/knhom jol jit nham svay/

3. តើខែនេះមានផ្លែស្វាយទេ? 這個月有芒果嗎？

/ter kea nis mean phlea svay te/

4. ខែនេះអត់មានទេ។ 這個月沒有。

/kea nis ort mean te/

5. ខែនេះមានផ្លែអ្វីច្រើនជាងគេ?

/kea nis mean phlea avey jrern jeang ke/

這個月什麼水果比較多？

6. ខែនេះផ្លែឪឡឹកមានច្រើនហើយផ្អែមទៀត។

/kea nis phlea ov lerk mean jrern hery p'em teat/

這個月西瓜比較多，而且也甜。

7. បើចង់ញ៉ាំផ្លែជម្ពូចាំខែក្រោយទើបល្អ។

/ber jong nham phlea chum pu cham kea kroy terb laor/

想吃蓮霧，等下個月比較好。

8. តើឯងចូលចិត្តញ៉ាំផ្លែត្របែកទេ? ផ្ទះខ្ញុំមានច្រើនណាស់។

/ter eng jol jit nham phlea tro bek te pteas knhom mean jrern nas/

你 / 妳想吃芭樂嗎？我家很多。

9. ខ្ញុំមិនចូលចិត្តញ៉ាំទេតែប៉ាម៉ាក់ខ្ញុំគាត់ចូលចិត្ត។

/knhom men jol jit nham te tea pa mak knhom keat jol jit/

我不喜歡吃，但我爸媽喜歡吃。

10. ផ្ទះខ្ញុំមានដើមផ្លែទឹកដោះគោធំណាស់ហើយមានផ្លែច្រើនទៀត។

/phteas knhom mean derm phlea tek dos ko thom nas hery mean phlea jrern teat/

我家有一棵很大的牛奶果樹，長很多果實。

11. តើឯងចង់ញ៉ាំទេ? 妳有想要吃嗎？

/ter eng jong nham te/

12. ចាំ[ចង់] ខ្ញុំចូលចិត្តញ៉ាំណាស់។ 是（想）我很喜歡吃。

/ja jong knhom jol jit nham nas/

15 ដើរផ្សារជាមួយម៉ាក់

/der psa jea muoy mak/

跟媽媽去市場

MP3-35

1. បន្លែស្រស់	/bunle sruos/ 新鮮蔬菜 
2. ត្រសក់	/tror sork/ 小黃瓜
3. ស្ពៃក្ដោប	/spei kdob/ 高麗菜 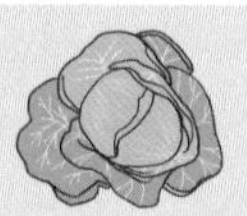
4. ផ្កាស្ពៃ	/phka spei/ 綠花椰菜
5. ផ្កាខាត់ណា	/phka khat na/ 白花椰菜
6. ត្រកួន	/tror kuorn/ 空心菜
7. ពោត	/pot/ 玉米
8. ល្ពៅ	/l'pov/ 南瓜

9. ត្រឡាច	/tror lach/ 冬瓜
10. ប៉េងប៉ោះ	/beng buos/ 番茄
11. ដំឡូង	/dom long/ 地瓜
12. ការ៉ុត	/karot/ 紅蘿蔔
13. ស្ពៃក្រញ៉ាញ់	/spei kronhanh/ 小白菜
14. ម្រះ	/mreas/ 苦瓜
15. ម្ទេស	/mtes/ 辣椒
16. ផ្សិត	/p'set/ 香菇
17. ខ្ញី	/khnhey/ 薑

18. ឆៃថាវ	/chhai thav/ 白蘿蔔
19. ខ្ទឹម	/k'tem/ 蒜
20. ននោង	/nor noung/ 絲瓜

文化介紹 柬埔寨人的飲食

柬埔寨人以米飯為主食，每餐至少會有三、四道菜，包括主菜和湯。柬埔寨的天氣比較熱，因此當地人喜歡吃口味清淡的飲食，尤其是涼拌類的食物，酸、甜、鹹或苦都有。13世紀初中國人到達柬埔寨後，影響了當地人的飲食，例如使用米粉、豆腐、油條、麵等食材，後來又因為受到法國殖民的影響，所以法國麵包在柬埔寨也隨處可見。

由於柬埔寨與泰國、越南地理位置相近，因此同樣喜愛使用新鮮香料做料理，像是魚露絕對是東南亞料理不可或缺的靈魂，也是柬埔寨人最喜愛的調味料之一。

過去柬埔寨以米的故鄉聞名，所以當地有各式各樣的米種，而東南亞的米線也是從柬埔寨發源而來，關於米線的由來，在柬埔寨甚至被寫成故事書，在當地也是人人傳頌的故事。

會話練習

MP3-36

1. ម៉ាក់បង្រៀនខ្ញុំអោយស្គាល់បន្លែ។

/mak bong rean knhom oy skeal bon lea/

媽媽教我認識蔬菜。

2. ម៉ាក់! តើនេះជាអ្វី? 媽媽！這是什麼？

/mak ter nis chhea avey/

3. នេះជាល្ពៅ យកទៅសួរថៅកែ
គាត់លក់យ៉ាងមិច។

/nis chhea l'pov yok tov suor thov kea keat lork yang mich/

這是南瓜，拿去問老闆怎麼賣。

4. ថៅកែ ល្ពៅមួយគីឡូតម្លៃប៉ុន្មាន?

/thov kea l'pov muoy dom lai bun man/

老闆，南瓜一斤多少錢？

5. ថៅកែ មានលក់ត្រសក់ទេ។ 老闆，有賣小黃瓜嗎？

/thov kea mean lork tror sork te/

6. ត្រសក់ល្អៗណាស់។ 小黃瓜好漂亮。

/tror sork laor laor nas/

7. ថៅកែ តើពោតនេះពណ៌អ្វី? 老闆，玉米是什麼顏色的？

/thov kea ter pot nis puor avey/

8. ប៉ាខ្ញុំចូលចិត្តញុំាពោតពណ៌ក្រហម

/pa knhom jol jit pot puor kror horm/

我爸爸喜歡吃黃色的玉米。

9. ខ្ញុំមិនចូលចិត្តញុំាម្រះទេ។ 我不喜歡吃苦瓜。

/knhom men jol jit nham mreas te/

10. ម៉ាក់ឆាម្ហូបចូលចិត្តដាក់ខ្ទឹមច្រើន។

/mak chha mahob jol jit dak ktem jrern/

媽媽喜歡炒菜時放很多大蒜。

11. ប្អូនប្រុសមិនចេះញុំាម្ទេសទេ។ 弟弟不會吃辣。

/p’oun bros men jes nham mtes te/

12. ម៉ាក់ទិញឆៃថាវបានធំណាស់។

/mak tinh chhai thav ban thom nas/

媽媽買到好大的白蘿蔔。

16 ស្គាល់សត្វ

/skol sat/

動物的名字

MP3-37

1. គោ	/ko/ 牛
2. ក្របី	/kro bey/ 水牛 
3. ឆ្កែ	/chhkea/ 狗 
4. ទា	/tear/ 鴨子
5. មាន់	/morn/ 雞
6. ជ្រូក	/chhrok/ 豬
7. មេអំបៅ	/me orm bao/ 蝴蝶
8. សេះ	/ses/ 馬

9. ពស់	/puos/ 蛇
10. ស្វា	/sva/ 猴子
11. ទន្សាយ	/tun say/ 兔子
12. ដំរី	/dom rey/ 大象
13. តោ	/tor/ 獅子
14. ខ្លា	/khla/ 老虎
15. ឆ្មា	/chhma/ 貓
16. ចាប	/chab/ 鳥
17. កណ្តុរ	/kon dol/ 老鼠

18. អណ្តើក	/orn derk/ 烏龜 
19. ឃ្មុំ	/khmum/ 蜜蜂
20. ក្រពើ	/kror per/ 鱷魚

文化介紹　柬埔寨金邊市的「中央市場」

「中央市場」以位在柬埔寨首都金邊市的市中心而得名，有「金邊的地標」、「金邊的生活藝術博物館」的美稱。中央市場建於法國殖民時期，在1937年開幕，過去曾在法泰戰爭期間遭到轟炸，於二戰結束後以現代風格重建，在2009到2011年由「法國開發署」（Agence française de developpement，AFD）資助420萬美元翻修。

從高空觀看中央市場建築，圓頂處彷彿有4隻巨大的手臂往四方延伸，散發出濃厚的法式建築風格，其黃色與白色的外觀，讓人不注意到也難，儼然是金邊獨樹一格的建築物。

造句練習

MP3-38

1. ថ្ងៃអាទិត្យពួកយើងទៅលេងសួនសត្វ។

/tgai ah tet puok yerng tov leng suon sat/

週日我們一起去動物園玩。

2. តើឯងស្គាល់សត្វអ្វីខ្លះ? 妳 / 你認識哪些動物？

/ter eng skol sat avey klas/

3. ផ្ទះខ្ញុំមានចញ្ចឹមឆ្កែ។ 我家有養狗。

/pteas knhom mean jinh jem j'kea/

4. ខ្ញុំស្រលាញ់សត្វឆ្កែ ចុះឯងវិញ។ 我喜歡狗，你呢？

/knhom srolanh sat j'kea jos eng vinh/

5. ខ្ញុំមិនចូលចិត្តសត្វឆ្កែទេ តែខ្ញុំស្រលាញ់សត្វឆ្មា។

/knhom men jol jit sat j'kea te tea knhom srolanh sat chhma/

我不喜歡狗，可是我愛貓。

6. តើអ្នកដែលឃើញសត្វក្របីទេ? 你看過鱷魚嗎？

/ter neak del kernh sat kro bey te/

7. ខ្ញុំមិនដែលឃើញទេ។ 我沒看過。

/knhom men del kernh te/

8. ខ្ញុំក៏មិនដែលឃើញដែរ។ 我也沒有看過。

/knhom kor men del kernh del/

9. តើសួនសត្វទីនេះមានទេ? 這裡的動物園有嗎？

/ter suorn sat ti nis mean te/

10. សត្វអណ្តើកនេះធំណាស់។ 好大的烏龜。

/sat orn derk nis thom nas/

11. សត្វទន្សាយគួរអោយស្រលាញ់ណាស់។

/sat tun sai kuor oy srolanh nas/

兔子好可愛。

12. បងស្រីខ្ញុំចូលចិត្តទន្សាយពណ៌សរ។

/bong srey knhom jol jit tun sai pour sor/

我姊姊喜歡兔子。

17 ទៅដើរលេងស្រុកក្រៅ

/tov der leng srok krav/

出國旅行

MP3-39

1. ទៅដើរលេង
/tov der leng/
出去逛街

2. អីវ៉ាន់
/ey van/
東西

3. វ៉ាលី
/vea lee/
行李

4. វ៉ាលីយួរដៃ
/vea lee yuor dai/
手提行李

5. ទេសចរណ៍
/tes s’jor/
觀光

6. យន្តហោះ
/yun huos/
飛機

7. ត្រួតពិនិត្យ
/truot pinit/
檢查

8. លិខិតចេញចូល
/likhit jinh jol/
簽證

9. លិខិតឆ្លងដែន

/likhit chhlorng den/
護照

10. បង់ពន្ធ

/bong pun/
稅金

11. ក្រដាស់ស្នើរសុំ

/prakas sner som/
入境申請書

12. លិខិតបញ្ជាក់

/likhit banh jeak/
出生證明

13. កន្លែងផ្ញើរឥវ៉ាន់

/konleng pnher ey van/
托運行李

14. ព្រលានយន្តហោះ

/prolean yun hous/
機場

15. ទំនិញគ្មានការបង់ពន្ធ

/tum tinh kmean ka bong pun/
免稅商店

16. លេខកៅអី

/lek kao ey/
座位號碼

17. បន្ទប់ទឹក

/bontob tik/
廁所

18. ឡានក្រុង	/lan krong/ 公車
19. ម៉ូតូកង់បី	/motor korng bey/ 嘟嘟車
20. តាស៊ី	/taxi/ 計程車 

文化介紹 高棉語的發音與文字

柬埔寨人口據官方統計約有1600多萬，高棉語是柬埔寨的官方語言，也稱為「柬埔寨語」、「柬語」。

高棉語屬東南亞語系，孟高棉語族，以金邊口音為標準音。高棉語的書寫文字為柬埔寨文，字母較為複雜。子音有33個字母，又分為大小寫，所以共有66個字。母音原本只有23個字，後來因為外來語越來越多，教育部又組合增加2個字，所以現在母音有25個字。此外還有15個獨立母音，一般都會出現在字首。另外還有11個變音字是從33個子音裡變出來的，比如「ម」變「ម៉」，組成單字「ម៉ែ，是「母親」的意思。除了這些，還有複雜的標記符號和規則等，學起來不容易。

高棉語無聲調變化，而柬埔寨文的書寫方向和一般拉丁文一樣，採由左到右的書寫模式。

會話練習

MP3-40

A：ខែក្រោយខ្ញុំចង់ទៅលេងស្រុកក្រៅ។

/kea kroy knhom jong tov leng srok krao/

下個月我想出國玩。

B：តើឯងចង់ទៅដើរលេងនៅប្រទេសណា?

/ter eng jong tov der leng nov pro tes na/

你想要去哪一國呢？

A：ខ្ញុំចង់ទៅលេងប្រទេសកម្ពុជា។

/knhom jong tov der leng nov pro tes kam pu chhea/

我想去柬埔寨玩。

B：ទីនោះមានអ្វីសប្បាយទៅ?　那裡有什麼好玩？

/ti nus mean avey sabay tov/

A：មានអង្គរវត្តដ៏ល្បី។　有很有名的吳哥窟。

/mean angkor wat dor labey/

B：តើទីក្រុងកម្ពុជាហៅអ្វី?　柬埔寨的首都叫什麼？

/toeu ti krong kampouchhea heou avey/

A：ទីក្រុងកម្ពុជាហៅភ្នំពេញ។ 柬埔寨的首都叫金邊。

/ti krong kam pu chha haov phnom penh/

B：អង្គរវត្តនៅទីនោះមែនទេ? 吳哥窟在那裡嗎？

/angkor wat nov ti nus mean te/

A：មិនមែនទេ អង្គរវត្តនៅសៀមរាប។

/min mean te angkor wat nov seim reab/

不是，吳哥窟在暹粒市。

ពួកយើងបើជិះយន្តហោះ ពីតៃវ៉ាន់ទៅ៣ម៉ោងកន្លះ
ដល់ភ្នំពេញហើយត្រូវជិះឡានទៅទៀត។

/puok yerng jis yun hous pi taiwan tov bey mong kon las dol pnhom penh hery trov jis lan tov teat/

如果我們從臺灣搭飛機到金邊市要三個小時半，還要坐公車去才能抵達。

តែឥឡូវក៏អាចជិះយន្តហោះដល់សៀមរាបបានដែរ។

/tea ey lov kor ach jis yon hos dol seim reab ban del/

但現在已有飛機直達暹粒市。

18 កក់បន្ទប់សណ្ឋាគារ

/gok bun dob sun tha kea/

旅館訂房

MP3-41

1. សណ្ឋាគារ	/sun tha kea/ 旅館
2. បន្ទប់គ្រែមួយ	/bun tob kre muoy/ 單人房
3. បន្ទប់គ្រែពីរ	/bun tob kre pi/ 雙人房
4. ស្នាក់នៅ	/snak nov/ 住宿
5. បន្ទប់	/bun tob/ 房間
6. ហាងបាយ	/hang bai/ 餐廳 
7. អាហារពេលព្រឹក	/ah ha pel prerk/ 早餐
8. តំលៃ	/dom lai/ 價錢

9. មួយយប់

/muoy yob/
一晚

10. គ្មានបន្ទប់

/kmean bun tob/
沒房間

11. មានបន្ទប់

/mean bun tob/
有房間

12. បញ្ចុះតំលៃ

/banh jos dom lai/
優惠價

13. តំលៃថ្លៃ

/dom lai thlai/
漲價

14. ថ្លៃណាស់

/thlai nas/
好貴

15. ប្តូរបន្ទប់

/p’do bun tob/
換房

16. លេខបន្ទប់

/lek bun tob/
房號

17. សូមអញ្ជើញចូល

/som anh jern jol/
請進

18. សោរបន្ទប់	/sor bun tob/ 房間鑰匙
19. បន្ទប់ទឹក	/bun tob tek/ 廁所 
20. ស្វាគមន៍	/swa kom/ 歡迎

文化介紹

柬埔寨的地理位置

柬埔寨位於東南亞中南半島西南方，西部與西北部與泰國相鄰，東北部與寮國交界，東部與東南部與越南接壤，西南面暹羅灣，海岸線長，南端至西邊區域為熱帶地區，東北部山區較為涼爽。全國劃分為25個行政省區跟3個都市，現在的金邊皇宮位在首都金邊市，也是柬埔寨最大的城市。

柬埔寨有東南亞最大的淡水湖——洞里薩湖（បឹងទន្លេសាប），坐落於柬埔寨國土中心，湖中水產豐饒，是人民飲食的重要來源。湄公河（ទន្លេមេគង្គ）是柬埔寨最長的河流，為國家帶來豐沛的用水。

會話練習

MP3-42

1. ជំរាបសួរ ខ្ញុំចង់កក់បន្ទប់មួយ។

/jom rean sur knhom jong kork bun tob muoy/

您好，我想要訂一間房。

2. តើអ្នកចង់បានបន្ទប់គ្រែប៉ុន្មាន?

/ter neak jong ban bon tob kre bun man/

您要單人房還是雙人房？

3. ខ្ញុំចង់កក់បន្ទប់គ្រែមួយ។ 我要一間單人房。

/knhom jong ban bun tob kre muoy/

4. តើបន្ទប់គ្រែមួយតំលៃប៉ុន្មាន? 單人房要多少錢？

/ter bun tob kre muoy tom lai bun man/

5. តើមានអាហារពេលព្រឹកទេ? 有早餐嗎？

/ter mean ah ha pel prek te/

6. បន្ទប់គ្រែពីរមានបញ្ចុះតំលៃទេ? 雙人房有優惠嗎？

/bun tob kre pi mean banh jos dom lai te/

7. ខ្ញុំចង់ចុះឈ្មោះកក់បន្ទប់។ 我要訂房間。

/knhom jong jos chhmous juol bun tob/

8. សូមបំពេញទម្រង់ចុះឈ្មោះកក់បន្ទប់នេះ

/som bom pinh tom rong jos chhmous juol bun tob nis/

請幫我填寫資料一下。

9. សូមអញ្ជើញមកតាមខ្ញុំ។ 請跟我來。

/som anh jern mok tam knhom/

10. តើបន្ទប់ខ្ញុំលេខប៉ុន្មាន? 請問我的房間是幾號？

/ter bon tob knhom lek bun man/

11. ពួកខ្ញុំចង់ប្តូរបន្ទប់។ 我們想換房間。

/puok knhom jong p’do bun tob/

12. ខ្ញុំពេញចិត្តនឹងសណ្ឋាគារអ្នកណាស់។

/knhom penh chit ning sun tha kea neak nas/

我很喜歡您的旅館。

19 តំបន់ទេសចរណ៍

/lom muon tes s'jor/

柬埔寨的景點

MP3-43

1. ភ្នំពេញវត្តភ្នំ	/phnom penh wat phnom/ 金邊市的小山
2. មុខវាំង	/mok veang/ 皇宮前
3. មាត់ទន្លេ	/mot tun le/ 河邊
4. កោះពេជ្រ	/kos pech/ 鑽石島
5. ក្នុងវាំង	/knong veang/ 皇宮裡
6. ខេត្តកំពង់ចាម	/khet kompong cham/ 磅針省
7. ខេត្តសៀមរាប	/khet seim reab/ 暹粒省
8. អង្គរវត្ត	/angkor wat/ 吳哥窟

9. ខេត្តកំពត	/khet kompot/ 貢布省
10. អង្គរតូច	/angkor touch/ 小吳哥窟
11. កោះសង្សារ	/kos songsa/ 情人島
12. ហៅឡាន	/hov lan/ 叫車
13. សំបុត្រឡានក្រុង	/sombot lan krong/ 公車票
14. លេខរថយន្ត	/lek rot yun/ 車號
15. ចង់លេង	/jong leng/ 想要玩
16. ពេលល្ងាច	/pel l'ngeach/ 下午
17. សំបុត្រ	/sombot/ 票

18. តំលៃប៉ុន្មាន	/domlai bun man/ 多少
19. កោះកុង	/kos kong/ 國公省
20. ទូរស័ព្ទ	/tu r'sab/ 電話

文化介紹 柬埔寨的氣候

柬埔寨屬於熱帶型氣候，全年高溫潮濕，平均氣溫落在攝氏23℃～31℃，早晚較涼，年平均降雨量為1000到1500毫米，氣候分為乾季和雨季。五月到十月是雨季，颳西南季風，該時期降雨量極多，主要集中在下午，除降雨之外，季風還帶來強風和豪雨，平均溫度介於27℃和35℃之間。乾季為十一月到四月期間，分為兩個部分，其中十一月到二月天氣涼爽，平均氣溫17℃到27℃之間，而三月和四月則天氣炎熱，平均氣溫29℃到38℃之間。

造句練習

MP3-44

1. ខ្ញុំចង់ចូលលេងក្នុងវាំងតើឯងទៅជាមួយទេ?

/knhom jong jol leng knong veang ter eng tov chhea muoy te/

我想要進去皇宮裡參觀，要一起去嗎？

2. មុនចូលលេងពួកយើងត្រូវទិញសំបុត្រសិន។

/mon jol leng puok yerng trov tinh sombot sin/

進去前，我們要先買票。

3. ពេលល្ងាចពួកយើងទៅដើរលេងមាត់ទន្លេ។

/pel l'ngeach puok yerng tov der leng mat tunle/

下午我們去河邊走一走。

4. យប់នេះទៅកោះពេជ្រញ៉ាំអាហារទាំងអស់គ្នាទេ?

/yob nis tov kos pech nham ah ha teang os knea te/

晚上要一起去鑽石島吃晚餐嗎？

5. តើឯងដែលទៅលេងកោះសង្សារទេ?

/ter eng del tov leng kos songsa te/

你有去過情人島嗎？

6. កោះសង្សារជាតំបន់ទេសចរណ៍ថ្មីនៅកម្ពុជា។

/kos songsa chhea dom bon tes s’jor tmey nov kam pu chhea/

情人島是柬埔寨新的觀光景點。

7. ខ្ញុំឈឺក្បាលខ្លាំងណាស់។ 我頭好痛。

/knhom chhee kbal klang nas/

8. ឯងចង់ទៅពេទ្យទេឬក៏ទិញថ្នាំមកញ៉ាំ?

/eng jong tov pet te ree kor tinh thnam mok nham/

你要去醫院，還是去買個藥來吃？

9. តើមន្ទីរពេទ្យនៅឯណា? 醫院在哪裡？

/tov montey pet nov ea na/

10. លោកគ្រូពេទ្យមិត្តខ្ញុំគាត់ឈឺក្បាលហើយក្តៅខ្លួនទៀត។

/lok kru pet mit knhom keat chhee kbal hery kdaov khluon teat/

醫生，我朋友他頭很痛還有發燒。

11. លោកគ្រូពេទ្យតើមិត្តខ្ញុំយ៉ាងមិចហើយ?

/lok kru pet ter mit knhom yang mich hery/

醫生，我朋友怎麼了？

12. ទាំងអស់តំលៃប៉ុន្មាន? 全部多少錢？

/teang os domlai bun man/

20 សង្គ្រោះបន្ទាន់

/song kros bon torn/

緊急救助

MP3-45

1. ក្រដាសប្រាក់	/krodas brak/ 現金
2. កាតធនាគារ	/kat to nea kea/ 提款卡
3. កាបូបលុយ	/ka bob luy/ 皮夾
4. ទូរស័ព្ទដៃ	/tur er sab dai/ 手機
5. លួច	/lurch/ 被偷
6. ប្លន់	/plon/ 搶劫
7. ប្តឹងប៉ូលីស	/pdeng po lis/ 報警
8. បុស្តិ៍ប៉ូលីស	/pos po lis/ 警察局

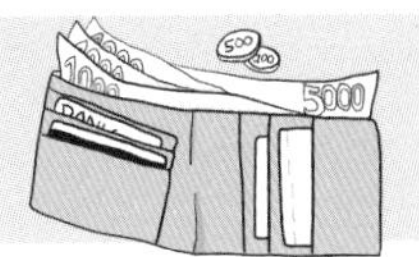

9. វង្វេងផ្លូវ	/vong veng plov/ 迷路
10. ឡានសង្គ្រោះបន្ទាន់	/lan song kros bon torn/ 救護車 
11. មន្ទីរពេទ្យ	/montey pet/ 醫院
12. សង្គ្រោះបន្ទាន់	/song kros bon torn/ 急診；急救
13. ក្អួត	/k'out/ 嘔吐
14. ក្តៅខ្លួន	/kdao kluon/ 發燒
15. ចាក់ថ្នាំ	/chak thnam/ 打針 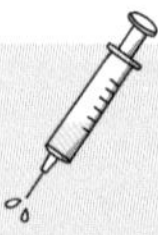
16. ទិញថ្នាំ	/tinh thnam/ 買藥
17. ពេទ្យ	/pet/ 醫生

18. មិនមានកំលាំងក្នុងខ្លួន

/men mean kom lang knong klon/

全身無力

19. ឈឺពោះ

/chhee pors/

肚子痛

20. ឈឺក្បាល

/chhee kbal/

頭痛

文化介紹 柬埔寨緊急救助方式

由於柬埔寨與臺灣沒有互設外交代表處，目前臺灣對柬埔寨事務皆由設在越南的「駐胡志明臺北經濟文化辦事處」兼轄處理。

◆駐胡志明臺北經濟文化辦事處：

網站：https://en.mofa.gov.tw/default.aspx

◆外交部緊急聯絡中心（限國人在海外遭遇緊急危難時使用）：

旅外國人緊急服務專線：00-886-800-085-095（國內免付費，自國外撥打回國須自付國際電話費用）

在柬埔寨當地則有以下的緊急專線可以求助：

‧警察治安緊急專線：117

‧消防火災緊急專線：666、118

‧醫療急救緊急求救電話：119

‧柬埔寨觀光局電話：(885) 23-884-974

‧柬埔寨旅客服務中心電話：(855) 12-980-088

‧柬埔寨臺灣商會電話：(855) 23-982-222

‧柬埔寨外國人求助電話：031-201-2345（境內撥打）

‧金邊旅遊警察電話：012-942-484（境內撥打）

‧暹粒旅遊警察電話：012-402-424（境內撥打）

造句練習

MP3-46

1. ខ្ញុំបាត់លិខិតឆ្លងដែនហើយខ្ញុំត្រូវទៅប៉ុស្តិ៍ប៉ូលីសរាយការណ៍ពីការបាត់របស់។

/knhom bat li ket chlong den hery knhom trov tov pos po lis reay ka pi ka bat ro bos /

我的護照遺失了要到警察局報案掛失。

2. ខ្ញុំចង់ធ្វើលិខិតឆ្លងដែនថ្មី។ 我要補發護照。

/knhom jong tver li ket chlong den tmey/

3. កាបូបលុយរបស់ខ្ញុំត្រូវបានគេលួចហើយ។

/ka bob luy ro bos knhom trov ban ke luoch hery/

我的皮夾被偷了。

4. ខ្ញុំបាត់ទូរស័ព្ទហើយ។ 我的手機不見了。

/knhom bat tu r'sab hery/

5. ខ្ញុំត្រូវគេប្លន់។ 我被搶劫了。

/knhom trov ke plon/

20 緊急救助

6. លុយខ្ញុំត្រូវបានគេលួចហើយ។ 我的現金被偷了。

/luy knhom trov ban ke luoch hery/

7. កាតធនាគាររបស់ខ្ញុំបាត់ហើយ។

/card tho nea kea ro bos knhom bat bat hery/

我的信用卡遺失了。

8. ខ្ញុំវង្វេងផ្លូវហើយត្រូវទៅប៉ុស្តិ៍ប៉ូលីស។

/knhom vong veng plov hery trov tov pos po lis/

我迷路了要到警察局。

9. ខ្ញុំមិនស្រួលខ្លួនត្រូវទៅមន្ទីរពេទ្យឥឡូវនេះ។

/knhom men srol klon trov tov mun di pet ey lov nis/

我不舒服要到醫院急診。

10. ខ្ញុំកំពុងក្តៅខ្លួន។ 我在發燒。

/knhom kom pong kdav klon /

11. ខ្ញុំក្អួត។ 我有嘔吐。

/knhom k'ourt/

12. ខ្ញុំមានអារម្មណ៍ថារាងកាយគ្មានកំលាំងកំហែង។

/knhom mean ah rom ta reang kai kmean kom lang kom heng/

我感到全身無力。

13. ខ្ញុំចង់ទិញថ្នាំបាត់ឈឺពោះ។ 我想買肚子痛的藥。

/knhom jong tinh t'nam bat chee purs/

14. ខ្ញុំមានរបួសហើយជួយហៅឡានសង្គ្រោះបន្ទាន់អោយខ្ញុំផង។

/knhom mean ro buos hery jui hav lan song kros bon turn oy knhom pong/

我受傷了請幫我叫救護車。

20 緊急救助

國家圖書館出版品預行編目資料

東埔寨人天天説的高棉語 ពាក្យនិងការសន្ទនាប្រចាំថ្ងៃ /
孫雅雯（គ្រឿន សុខុម）著
-- 初版 -- 臺北市：瑞蘭國際, 2023.01
144面；17×23公分 --（繽紛外語系列；117）
ISBN：978-986-5560-94-2（平裝）
1. CST：高棉語 2. CST：讀本

803.788　　111020168

繽紛外語系列117
東埔寨人天天説的高棉語 ពាក្យនិងការសន្ទនាប្រចាំថ្ងៃ
作者｜孫雅雯（គ្រឿន សុខុម）
責任編輯｜潘治婷、王愿琦
校對｜孫雅雯（គ្រឿន សុខុម）、孫麗香（អូន ស៊ីណា）、潘治婷、王愿琦

東埔寨語錄音｜孫雅雯（គ្រឿន សុខុម）、孫麗香（អូន ស៊ីណា）
錄音室｜采漾錄音製作有限公司
封面設計｜劉麗雪
版型設計、內文排版｜陳如琪
美術插畫｜Syuan Ho

瑞蘭國際出版

董事長｜張暖彗・社長兼總編輯｜王愿琦
編輯部
副總編輯｜葉仲芸・主編｜潘治婷
設計部主任｜陳如琪
業務部
經理｜楊米琪・主任｜林湲洵・組長｜張毓庭

出版社｜瑞蘭國際有限公司・地址｜台北市大安區安和路一段104號7樓之一
電話｜(02)2700-4625・傳真｜(02)2700-4622・訂購專線｜(02)2700-4625
劃撥帳號｜19914152 瑞蘭國際有限公司
瑞蘭國際網路書城｜www.genki-japan.com.tw

法律顧問｜海灣國際法律事務所　呂錦峯律師

總經銷｜聯合發行股份有限公司・電話｜(02)2917-8022、2917-8042
傳真｜(02)2915-6275、2915-7212・印刷｜科億印刷股份有限公司
出版日期｜2023年01月初版1刷・定價｜420元・ISBN｜978-986-5560-94-2

瑞蘭國際

瑞蘭國際